CUENTOS DEL QUINTO MUNDO
Leyendas en español e inglés
para todos los niños
de Norteamérica.

FIFTH WORLD TALES
Legends in Spanish and English
for all the children
of North America.

How We Came to the Fifth World

Cómo Vinimos al Quinto Mundo

Adapted by / Adaptado por
Harriet Rohmer & Mary Anchondo
Illustrated by / Ilustrado por
Graciela Carrillo de Lopez

CHILDREN'S BOOK PRESS / IMPRENTA DE LIBROS INFANTILES
SAN FRANCISCO, CALIFORNIA

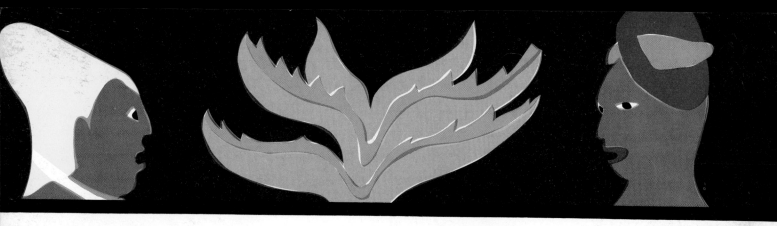

The First World

In the First World
there were trees and
vegetables and fruits.
The people walked on the mountains
and in the valleys,
but they walked their own ways
and forgot the ways
of the Great Gods.

The Gods became angry.
They met
on the top of the highest mountain
and chose the God of Water
to destroy the world.
The Water God stood up
and his eyes were full of lightning
and the winds roared around his head.
He looked down at the world below
and saw that everyone was
lying and stealing and killing.
All the people were evil
except for one poor woman
and one poor man
who were making pulque
in their tiny hut.

El Primer Mundo

En el Primer Mundo
habia árboles y
vegetales y frutas.
La gente andaba por las montañas
y por los valles,
mas cada cuál seguía su rumbo
olvidándose del buen camino
de los Grandes Dioses.

Los Dioses se enojaron.
Se reunieron
en la cima de la montaña más alta
y escogieron al Dios del Agua
para que destruyera al mundo.
El Dios del Agua se paró
y sus ojos se llenaron de relámpagos
y el aire rugía alrededor de su cabeza.
Él miró al mundo allá abajo
y vio que todos estaban
mintiendo y matando y robando.
Toda la gente era mala,
excepto una pobre mujer
y un pobre hombre
que estaban haciendo pulque
en su pequeña choza.

pulque-póol·kay : fermented juice of the maguey cactus / jugo fermentado del maguey

He strode down
the mountain to them.
"Do not be afraid," he said,
"but the water will
soon pour down this mountain
and cover the earth.
You must cut down
the ahuehuete tree and ride it
like a boat over the water.
Take a little fire with you
and take one ear of corn
to plant in the new world."
And the good couple did what
the God had told them to do.

Then the God returned
to the top of the mountain
and took up his flag
and waved it furiously.
The clouds soon covered the earth.
The whirling winds came
and terrified the people.
The rain fell harder and harder.
Cities, towns and fields
disappeared and the water
covered everything but
the highest mountain peaks.
The greedy people
crowded onto the wooden rafts
with everything they owned,
but their possessions were so heavy
that the rafts began to sink
and the people
were afraid of drowning.

El Dios bajó de la montaña,
dando largos pasos, hacia ellos.
"No teman," les dijo,
"pero el agua
caerá sobre esta montaña
y cubrirá la tierra.
Tienen que cortar
el ahuehuete y usarlo,
como una canoa, sobre el agua.
Llévense con ustedes un poco de fuego
y tomen una mazorca de maíz
para sembrar en el nuevo mundo."
Y la buena pareja hizo lo que
el Dios le había mandado.

Luego el Dios regresó
a la cima de la montaña
y se llevó su bandera
y la ondeó furiosamente.
Las nubes pronto cubrieron la tierra.
Los vientos arremolinados llegaron
y aterrorizaron a la gente.
La lluvia caía con más y más fuerza.
Las ciudades, los pueblos y los campos
desaparecieron; y el agua
lo cubrió todo, menos
los picos de las montañas más altas.
La gente codiciosa
se amontonó en las balsas de madera
con todo lo que tenían,
pero como sus pertenencias eran tan pesadas
las balsas empezaron a hundirse
y la gente
temía ahogarse.

ahuehuete – ah·weh·wéh·teh: Montezuma cypress / Especie de ciprés de México

"If only we were fishes
and not humans,
we could swim away!" they cried out.
And the Gods looked down
and said, "So be it!
You shall be fishes!"
And then there were no more people
in the world.
There were only fishes.

But the good woman and the good man
rode their tree trunk
over the flood,
carrying the fire high.
When the flood dried up,
they stepped off their log
onto the mountain
and started the Second World.

"¡Si fuéramos peces
y no seres humanos
podríamos escaparnos nadando!" gritaban.
Y los Dioses miraron hacia abajo
y dijeron: "¡Así sea!
¡Ustedes serán peces!"
Y entonces no hubo más gente
en el mundo.
Sólo había peces.

Mas la mujer buena y el hombre bueno
guiaron el tronco del árbol
sobre las aguas del diluvio,
llevando el fuego en alto.
Cuando el diluvio se acabó
ellos bajaron del tronco
a la montaña
y comenzaron el Segundo Mundo.

The Second World

In the Second World
there were many fishes to eat
and the people were happy
and did anything they pleased.
But soon they forgot the Gods
and began to fight
over the land and the food.
The Gods became angry
and chose Quetzalcoatl,
God of the Air,
to destroy the world.

Quetzalcoatl set out
in his cap of jaguar skin
and his jacket of white feathers
to find one good woman and
one good man to be saved.
He passed by all the fine houses
where the people spoke of lying and
stealing and killing. And he
stopped in front of a simple hut
where the couple inside still
remembered the old Gods.

He came in and spoke to them.
"Soon the wind will blow
from all directions and
destroy the world," he said.
"Take a little fire
and an ear of corn and go hide
in that cave in the mountains!"

El Segundo Mundo

En el Segundo Mundo
había muchos peces para comer
y la gente estaba contenta
y hacían lo que ellos querían.
Pero pronto se olvidaron de los Dioses
y comenzaron a pelear
por la tierra y la comida.
Los Dioses se enojaron
y escogieron a Quetzalcóatl,
Dios del Aire,
para que destruyera el mundo.

Quetzalcóatl salió,
con su gorro de piel de jaguar
y su vestidura de plumas blancas,
buscando una mujer buena
y un hombre bueno para salvarlos.
El pasó por todas las casas ricas
donde la gente hablaba de cómo mentir
robar y matar. Y se
paró frente a una humilde choza
donde vivía una pareja que todavía
se acordaba de los antiguos Dioses.

Entró y les habló.
"Pronto el viento soplará
por todas partes y
destruirá el mundo," les dijo.
"Tomen un poco de fuego
y una mazorca de maíz y escóndanse
dentro de esa cueva en la montaña."

Then Quetzalcoatl went to the top
of the highest mountain
and called out to all the winds.
And the winds came
twisting and turning,
rising and falling.
The people were lifted up
and thrown down.
They ran away screaming,
but the winds found them
and lifted them up
and dashed them down.

And the people cried out,
"Oh, if only we were animals
and not people and could hide
in the little mountain caves!"

"So be it!" the Gods answered.
And the people
were immediately transformed
into all the animals of the world.

But the good couple
was safe in the mountain cave.
And when the storm was over
they came out of the cave
and began the Third World.

Entonces Quetzalcóatl subió a la cima
de la más alta montaña
y llamó a todos los vientos.
Y los vientos vinieron
retorciéndose y estremeciéndose,
subiendo y bajando.
La gente era elevada al espacio
y luego arrojada a la tierra.
Ellos corrían gritando
pero los vientos los hallaban
y los levantaban en peso
y los tiraban al suelo.

Y la gente gritaba
"¡Ay, ay, si tan sólo fuéramos animales
y no gente, nos podríamos esconder
en las pequeñas cuevas de la montaña!"

"¡Así sea!" contestaron los Dioses.
Y la gente
fue inmediatamente transformada
en todos los animales del mundo.

Mientras tanto la pareja buena
estaba segura en la cueva de la montaña.
Cuando la tormenta terminó,
ellos salieron de la cueva
y comenzaron el Tercer Mundo.

The Third World

In the Third World
there were many animals to eat
and the people were happy
and did anything they pleased.
But once again
they forgot their Gods.
This time the God of Fire was chosen
to destroy the world.
His face was fierce and yellow
and he wore orange and red feathers
that swayed in the wind
like fire.

He made himself
into a tiny flame
and he danced down the chimney
of the only good woman and man
left on the earth.
" Go quickly
to the cave in the woods,"
he told them, "for soon
all the fires under the earth
will burst from the mountain peaks
and destroy the world."

And the good couple was
in the cave only a minute
when the entrance
mysteriously closed
leaving them in darkness
except for their tiny flame.

El Tercer Mundo

En el Tercer Mundo
había muchos animales para comer
y la gente estaba contenta
y hacía lo que querían.
Pero una vez más
olvidaron a los Dioses.
Esta vez el Dios del Fuego fue escogido
para destruir el mundo.
Su cara era amarilla y feroz,
y vestía plumas anaranjadas y rojas
que se balanceaban con el viento
como si fueran llamas.

El Dios se convirtió
en una llamita pequeña
y bajó bailando por la chimenea
de la única mujer buena y el único hombre buen
que quedaban en la tierra.
"Vayan pronto
a la cueva, en el bosque,"
les dijo, "porque pronto
todos los fuegos que hay bajo la tierra
saldrán por los picos de las montañas
y destruirán el mundo."

Y la pareja buena había estado
en la cueva tan sólo un minuto
cuando la entrada
misteriosamente se cerró,
dejándolos en la oscuridad,
con excepción de su pequeña llamita.

Then the earth shook
and the volcanos
erupted with smoke and lava.
The people screamed in terror,
"Oh Gods in the heavens,
come to our aid!
Let us be birds so that
we can fly over
the flame and smoke
into the cool air!"

"Then birds you shall be!"
answered the Gods. And the people
were instantly turned into birds.

Then the volcanos grew quiet,
the cave door opened,
and the good couple came out
into the new Fourth World
to become the mother and father
of all the people.

Entonces la tierra tembló
y los volcanes
arrojaron humo y lava.
La gente gritaba con terror
"¡Ay, Dioses de los cielos,
vengan a ayudarnos!
Permítannos ser pájaros para que
podamos volar por encima
de las llamas y el humo
hacia el aire fresco!"

"¡Entonces pájaros serán Uds!"
contestaron los Dioses. Y las gentes
fueron instantáneamente convertidas en pájaros.

Entonces los volcanes se calmaron
y la puerta de la cueva se abrió
y la pareja buena salió
al nuevo Cuarto Mundo,
para ser los padres
de toda la gente.

14

The Fourth World

Soon
the earth was green again
and there were many
birds and animals and fish.
The great ahuehuete trees
reached almost to the sky.
And for a fourth time
the people forgot the Gods.
Now it was
the beautiful Earth Goddess
who said to the others,
"You God of Water!
You God of Fire!
You God of Air!
How hard you have worked!
How tired you must be!
Go rest in that cave and
I will return for you."

El Cuarto Mundo

Muy pronto
la tierra se puso verde otra vez
y habiá muchos
pájaros y animales y peces.
Los grandes ahuehuetes
casi alcanzaban el cielo.
Y por la cuarta vez
la gente olvidó a los Dioses.
Y esta vez fue
la bella Diosa de la Tierra
la que les dijo a los otros
"¡Tú, Dios del Agua!
¡Tú, Dios del Fuego!
¡Tú, Dios del Aire!
¡Ustedes han trabajado mucho!
¡Han de estar muy cansados!
Vayan a descansar a esa cueva y
yo volveré a buscarlos."

And when the three Gods
went into the cave to rest,
there was no more rain,
no more wind, and no more sun.
The lakes dried up.
There were no cool breezes
to refresh the people.
The whole world was in darkness.
The crops died
and the people were starving.

"Oh Gods, help us!" they cried.
"Save us from hunger and thirst!"
But the Gods
were resting in the cave
and did not hear them.
The Earth Goddess
sent down food at night
to the good people
but not to the greedy people.
And the evil ones cried out,
"It would be better
to be eaten by jaguars
than to die of hunger and thirst!"

Y cuando los tres Dioses
se fueron a la cueva a descansar,
no hubo más lluvia,
no hubo más viento y no hubo más sol.
Los lagos se secaron.
No hubo más brisas frescas
para refrescar a la gente.
Todo el mundo estaba en la oscuridad.
Las cosechas se perdieron
y la gente estaba hambrienta.

"¡Ay, Dioses ayúdennos!" gritaban:
"¡Líbrennos del hambre y la sed!"
Pero los Dioses
estaban descansando en la cueva
y no oían a la gente.
La Diosa de la Tierra
mandaba comida por la noche
a la gente buena,
pero no a la gente codiciosa.
Y los malos gritaban:
"¡Sería mejor ser
devorados por jaguares
que morir de hambre y sed!"

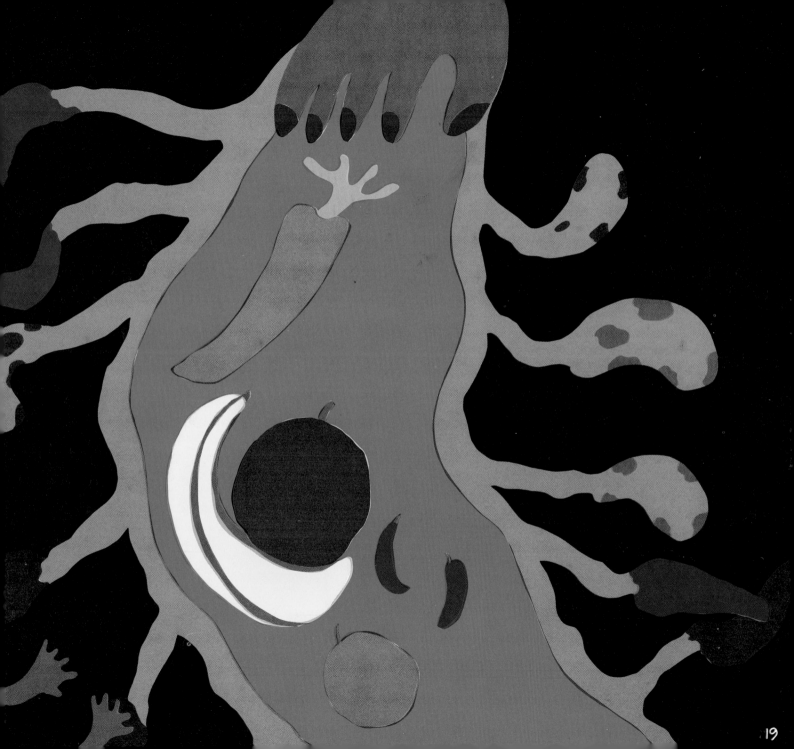

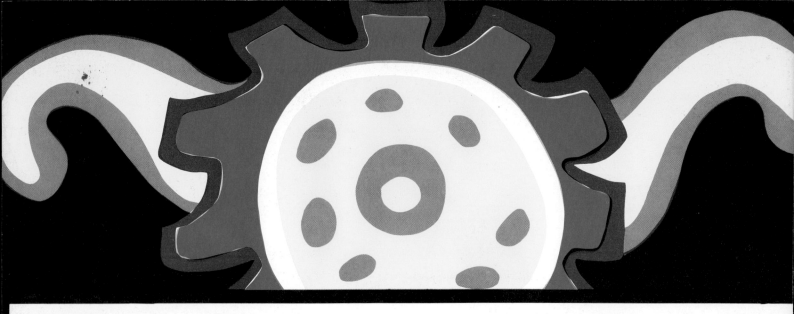

"So be it!"
said the Earth Goddess,
and she commanded the hungry jaguars
to eat the greedy people.
The greedy people hid
in the huts and in the caves,
but wherever they hid
the jaguars sought them out
in the darkness and devoured them.

At last there were no more
evil people in the world.
There were only the good people
whom the Goddess had cared for
and the jaguars had spared.

The Earth Goddess called
the three Gods from the cave then,
and the rain fell,
the breezes blew,
and the sun gave forth light
into this Fifth World.

"¡Así sea!"
dijo la Diosa de la Tierra
y ordenó a los jaguares hambrientos
que devoraran a la gente codiciosa.
La gente codiciosa se escondía
en las chozas y en las cuevas,
pero dondequiera que se escondían,
los jaguares los encontraban
y, en la oscuridad, los devoraban.

Al fin ya no existía
gente mala en el mundo.
Sólo quedaba la gente buena
que la Diosa había cuidado
y que los jaguares habían dejado.

La Diosa de la Tierra llamó a
los tres Dioses de la cueva
y la lluvia regresó
las brisas soplaron
y el sol alumbró
el Quinto Mundo.

The Fifth World

The people sang and danced.
All the earth was good again
and peace and happiness continued
for many years.

El Quinto Mundo

La gente cantaba y bailaba.
Todo en la tierra era bueno otra vez
y la paz y la felicidad continuaron
por muchos años.

The Aztecs believed that there had been four historical ages, called Worlds or Suns. Each of these Worlds had been ruled and eventually destroyed by a deity representing one of the four great elements of the natural world~~Water, Air, Fire, and Earth~~ as well as one of the four directions of the universe ~~ East, West, North, and South.

The present epoch, or Fifth World, is known as the Sun of Movement. It is ruled by all four great deities in turn and is therefore potentially more stable than the previous four worlds. Nevertheless, according to the Aztec elders, this world too is doomed to destruction by earthquakes and famine unless a way can be found to banish evil from the hearts of all humanity.

Hand lettering	Roger I Reyes
Book design	Harriet Rohmer, Robin Cherin, Roger I Reyes
Production	Robin Cherin
Editorial assistance	Betty Berenson, José Llanes, Amílcar Lobos, Jesús Guerrero Rea, Francisco Zayas
Printing	Tea Lautrec Lithography San Francisco, California